紅樓夢第九十回

失綿衣貧女耐嗷嘈　送菓品小郎驚叵測

却說黛玉自立意自戕之後漸漸不支一日竟至絕粒從前十幾天內賈母等輪流看望他有時還說幾句話這兩日索性不大言語心裡雖有時昏暈却也有時清楚賈母等見他這病不似無因而起也將紫鵑雪雁盤問過兩次兩個那裡敢說便是紫鵑欲向侍書打聽消息又怕越鬧越真黛玉更死得快了所以見了侍書毫不提起那雪雁是他傳話弄出這樣緣故來此時恨不得長出百十個嘴來說我没說自然更不敢提起到了這一天黛玉絕粒之日紫鵑料無指望了守着哭了會子因出來偷向雪雁道你進屋裡來好好兒的守着他我去回老太太太太和二奶奶去今日這個光景大非往常可比了雪雁答應紫鵑自去這裡雪雁正在屋裡伴着黛玉見他昏昏沉沉小孩子家那裡見過這個樣兒只打諒如此便是死的光景了心中又痛又怕恨不得紫鵑一時回來纔好正怕着只聽牕外脚步走响雪雁知是紫鵑回來纔放下心了連忙站起來掀着裡間簾子等他只見外面簾子响處進來了一個人却是侍書那侍書是探春打發來看黛玉的見雪雁在那裡掀着簾子便問道姑娘怎麼樣雪雁點點頭兒叫他進來侍書跟進來見紫鵑不在屋裡瞧了瞧黛玉只剩得殘喘微延唬的驚疑不止因問紫

鵑姐姐呢雪雁道告訴上屋裡去了那雪雁此時只打諒黛玉心中一無所知了又見紫鵑不在面前因悄悄的拉了侍書的手問道你前日告訴我說的什麼王大爺給這裡寶二爺說了親是真話麼侍書道怎麼不真雪雁道多早晚放定的侍書道那裡就放定了呢那一天我告訴你時是我聽見小紅說的後來我到二奶奶那邊去二奶奶正和平姐姐說呢說那都是門客們借着這個事討老爺的喜歡往後好拉攏的意思別說大太太說不好就是大太太願意說那姑娘好那大太太眼裡看的出什麼人來再者老太太心裡早有了人了就在偺們園子裡的大太太那裡摸的着底呢老太太不過因老爺的話不得

不問問罷咧又聽見二奶奶說寶玉的事老太太總是要親上作親的憑誰來說親横豎不中用雪雁聽到這裡也忘了神了因說道這是怎麼說白白的送了我們這一位的命了侍書道這是從那裡說起雪雁道你還不知道呢前日都是我和紫鵑姐姐說來着這一位聽見了就弄到這步田地了侍書道你悄悄兒的說罷看仔細他聽見了雪雁道人事都不醒了瞧瞧罷左不過在這一兩天了正說着只見紫鵑掀簾進來說這還了得你們有什麼話還不出去說還在這裡說索性逼死他就完了侍書道我不信有這樣奇事紫鵑道好姐姐不是我說你又該惱了你懂得什麼呢懂得也不傳這些舌了這裡三個人正

說着只聽黛玉忽然又嗽了一聲紫鵑連忙跑到炕沿前站着侍書雪雁也都不言語了紫鵑彎着腰在黛玉身後輕輕問道姑娘喝口水罷黛玉微微答應了一聲雪雁連忙倒了半鍾滾白水紫鵑接了托着侍書也走近前來紫鵑和他搖頭兒不叫他說話侍書只得咽住了站了一回黛玉又嗽了一聲紫鵑趁勢問道姑娘喝水呀黛玉又微微應了一聲那頭似有欲抬之意那裡抬得起紫鵑爬上炕去爬在黛玉傍邊端著水試了冷熱送到唇邊扶了黛玉的頭就到碗邊喝了一口紫鵑纔要拿時黛玉意思還要喝一口紫鵑便托著那碗不動黛玉又喝了一口搖搖頭兒不喝了喘了一口氣仍舊躺下半日微微睜眼

說道剛纔說話不是侍書麼紫鵑答應道是侍書尚未出去因連忙過來問候黛玉睜眼看了點點頭兒又歇了一歇說道回去問你姑娘好罷侍書見這番光景只當黛玉嫌煩只得悄悄的退出去了原來那黛玉雖則病勢沉重心裡卻還明白起先侍書雪雁說話時他也模糊聽見了一半句卻只作不知也因實無精神答理及聽了雪雁侍書的話纔明白過前頭的事情原是議而未成的又兼侍書說是鳳姐說的老太太的主意親上作親又是園中住著的非自己而誰因此一想陰極陽生心神頓覺清爽許多所以纔喝了兩口水又要想問侍書的話恰好賈母王夫人李紈鳳姐聽見紫鵑之言都赶著來看黛玉心

中疑團已破自然不似先前尋死之意了雖身體軟弱精神短少却也勉强答應一兩句了鳳姐因叫過紫鵑問道姑娘也不至這樣這是怎麽說你這樣唬人紫鵑道實在頭裡看着不好纔敢去告訴的囘來見姑娘竟好了許多也就怪了賈母笑道你也别怪他他懂得什麽看見不好就言語這倒是他明白的地方小孩子家不嘴嬾脚嫩就好說了一囘賈母等料着無妨也就去了正是

心病終須心藥治　解鈴還是繫鈴人

不言黛玉病漸漸減退且說雪雁紫鵑背地裡都念佛雪雁向紫鵑說道虧他好了只是病的奇怪好的也奇怪紫鵑道病的倒不怪就只好的奇怪想來寳玉和姑娘必是姻緣人家說的好事多磨又說道是姻緣棒打不囘這樣看起來人心天意他們兩個竟是天配的了再者你想那一年我說了林姑娘要囘南去把寳玉沒急死了鬧得家翻宅亂如今一句話又把這一個弄得死去活來可不說的三生石上百年前結下的麽說着兩個悄悄的抿着嘴笑了一囘雪雁又道幸虧好了偺們明兒再别說了就是寳玉娶了别的人家兒的姑娘我親見他在那裡結親我也再不露一句話了紫鵑笑道這就是了不但紫鵑和雪雁在私下裡講究就是衆人也都知道黛玉的病也病得奇怪好也好得奇怪三三兩兩唧唧噥噥議論着不多幾時連鳳

姐兒也知道了邢王二夫人也有些疑惑倒是賈母略猜着了八九那時正値邢王二夫人鳳姐等在賈母房中說閒話說起黛玉的病來賈母道我正要告訴你們寶玉和林丫頭是從小兒在一處的我只說小孩子們怕什麼以後時常聽得林丫頭忽然病忽然好都爲有了些知覺了所以我想他們若儘着擱在一塊兒畢竟不成體統你們怎麼說王夫人聽了便呆了一呆只得答應道林姑娘是個有心計兒的至于寶玉獃頭獃惱不避嫌疑是有的看起外面却還都是個小孩兒形像此時若忽然或把那一個分出園外不是倒露了什麼痕跡了麼古來說的男大須婚女大須嫁老太太想倒是赶着把他們的事辦

辦也罷了賈母皺了一皺眉說道林丫頭的乖僻雖也是他的好處我的心裡不把林丫頭配他也是爲這點子況且林丫頭這樣虛弱恐不是有壽的只有寶丫頭最妥王夫人道不但老太太這麼想我們也是這樣但林姑娘也得給他說了人家兒纔好不然女孩兒家長大了那個沒有心事倘或眞與寶玉有些私心若知道寶玉定下寶丫頭那倒不成事了賈母道自然先給寶玉娶了親然後給林丫頭說人家再沒有先是外人後是自己的況且林丫頭年紀到底比寶玉小兩歲依你們這樣說倒是寶玉定親的話不許叫他知道倒罷了鳳姐便吩咐衆丫頭們道你們聽見了寶二爺定親的話不許混吵嚷若有多

嘴的隄防着他的皮賈母又向鳳姐道鳳哥兒你如今自從身上不大好也不大管園裡的事了我告訴你須得經點兒心不但這個就像前年那些人喝酒耍錢都不是事你還精細些少不得多分點心兒嚴緊嚴緊他們纔好况且我看他們也就只還服你鳳姐答應了娘兒們又說了一回話方各自散了從此鳳姐常到園中照料一日剛走進大觀園到了紫菱洲畔只聽見一個老婆子在那裡嚷鳳姐走到跟前那婆子纔瞧見了早垂手侍立口裡請了安鳳姐道你在這裡鬧什麼婆子道蒙奶奶們派我在這裡看守花菓我也沒有差錯不料邢姑娘的丫頭說我們是賊鳳姐道爲什麼呢婆子道昨兒我們家的黑兒

跟着我到這裡頑了一回他不知道又往邢姑娘那邊去瞧了一瞧我就叫他回去了今兒早起聽見他們丫頭說丢了東西了我問他丢了什麼他就問起我來了鳳姐道問了你一聲也犯不着生氣呀婆子道這裡園子到底是奶奶家裡的並不是他們家裡的我們都是奶奶派的賊名兒怎麼敢認呢鳳姐照臉啐了一口厲聲道你少在我跟前撈撈叨叨的你在這裡照看姑娘丢了東西你們就該問哪怎麼說出這些没道理的話来把老林叫了来攆出他去丫頭們答應了只見邢岫烟赶忙出來迎着鳳姐陪笑道這使不得沒有的事事情早過去了鳳姐道姑娘不是這個話倒不講事情這名分上大豈有此理了

岫烟見婆子跪在地下告饒便忙請鳳姐到裡邊去坐鳳姐道他們這種人我知道他除了我其餘都沒上沒下的了岫烟再三替他討饒只說自己的丫頭不好鳳姐道我看着邢姑娘的分上饒你這一次婆子纔起來磕了頭又給岫烟磕了頭纔出去了這裡二人讓了坐鳳姐笑問道你丟了什麽東西了岫烟笑道沒有什麽要緊的是一件紅小襖兒已經舊了的我原叫他們找找不着就罷了這小丫頭不懂事問了那婆子一聲那婆子自然不依了這都是小丫頭糊塗不懂事我也罵了幾句已經過去了不必再提了鳳姐把岫烟內外一瞧看見雖有些皮綿衣服已是半新不舊的未必能煖和他的被窩多半是薄

的至于房中桌上擺設的東西就是老太太拿来的却一些不動收拾的乾乾净净鳳姐心上便很愛敬他說道一件衣服原不要緊這時候冷又是貼身的怎麽就不問一聲兒呢這撒野的奴才了不得了說了一回鳳姐出来各處去坐了一坐就回去了到了自己房中叫平兒取了一件大紅洋縐的小襖兒一件松花色綾子一抖珠兒的小皮襖一條寶藍盤錦鑲花綿裙一件佛青銀鼠褂子包好叫人送去那時岫烟被那老婆子聒噪了一場雖有鳳姐來壓住心上終是不安想起許多姊妹們在這裡沒有一個下人敢得罪他的獨自我這裡他們言三語四剛剛鳳姐來碰見想來想去終是沒意思又說不出来正在

吞聲飲泣看見鳳姐那邊的豐兒送衣服過來岫烟一看決不肯受豐兒道奶奶吩咐我說姑娘要嫌是舊衣裳將來送新的來岫烟笑謝道承奶奶的好意只是因我丟了衣服他就拿來我斷不敢受你拿回去千萬謝你們奶奶承你奶奶的情我算領了倒拿個荷包給了豐兒那豐兒只得拿了去了不多時又見平兒同着豐兒過來岫烟忙迎着問了好讓了坐平兒笑說道我們奶奶說姑娘特外道的了不得岫烟道不是外道實在不過意平兒道奶奶說姑娘要不收這衣裳不是嫌太舊就是瞧不起我們奶奶剛纔說了我要拿回去奶奶不依我呢岫烟紅著臉笑謝道這樣說了叫我不敢不收又讓了一回茶平兒

同豐兒同去將到鳳姐那邊碰見薛家差來的一個老婆子接著問好平兒便問道你那裡來的婆子道那邊太太姑娘叫我來請各位太太奶奶姑娘們的安我纔剛在奶奶前問起姑娘來說姑娘到園中去了可是從邢姑娘那裡來麼平兒道你怎麼知道婆子道方纔聽見說真真的二奶奶和姑娘們的行事叫人感念平兒笑了一笑說你回來坐著罷婆子道我還有事改日再過來瞧姑娘罷說著走了平兒回來回復了鳳姐不在話下且說薛姨媽家中被金桂攪得翻江倒海看見婆子回來述起岫烟的事寶釵母女二人不免滴下淚來寶釵道都為哥哥不在家所以叫邢姑娘多吃幾天苦如今還虧鳳姐姐不錯

偺們底下也得留心到底是偺們家裡人說着只見薛蝌進來說道大哥哥這幾年在外頭相與的都是些什麼人連一個正經的也沒有來一起子都是些狐羣狗黨我看他們那裡是不放心不過將來探探消息兒罷咧這兩天都被我乾出去了以後吩咐了門上不許傳進這種人來薛姨媽道又是蔣玉函那些人哪薛蝌道蔣玉函却倒沒來倒是別人薛姨媽聽了薛蝌的話不覺又傷心起來說道我雖有兒如今就像沒有的了就是上司准了也是個廢人你雖是我姪兒我看你還比你哥哥明白些我這後輩子全靠你了你自己從今更要學好再者你聘下的媳婦兒家道不比往時了人家的女孩兒出門子不是

容易再沒別的想頭只盼着女婿能幹他就有日子過了若邢丫頭也像這個東西說着把手往裡頭一指道我也不說了邢丫頭實在是個有廉恥有心計兒的又守得貧耐得富只是等偺們的事情過去了早些把你們的正經事完結了也了我一宗心事薛蝌道琴妹妹還沒有出門子這倒是太太煩心的一件事至于這個可算什麼呢大家又說了一回閒話薛蝌回到自己房中吃了晚飯想起邢岫烟住在賈府園中終是寄人籬下況且又窮日用起居不想可知況兼當初一路同來模樣兒性格兒都知道的可知天意不均如夏金桂這種人偏教他有錢嬌養得這般潑辣邢岫烟這種人偏教他這樣受苦閻王判

命的時候不知如何判法的想到悶来也想吟詩一首寫出来出出胸中的悶氣又苦自已没有工夫只得混寫道

蛟龍失水似枯魚　兩地情懷感索居

同在泥塗多受苦　不知何日向清虛

寫畢看了一回意欲拿來粘在壁上又不好意思自已沉吟道不要被人看見笑話又念了一遍道管他呢左右粘上自已看着解悶兒罷又看了一回到底不好拿來夾在書裡又想自已年紀可也不小了家中又碰見這樣飛灾橫禍不知何日了局致使幽閨弱質弄得這般凄凉寂寞正在那裡想時只見寶蟾推進門來拿着一個盒子笑嘻嘻放在棹上薛蝌站起來讓坐

寶蟾笑着向薛蝌道這是四碟菓子一小壺兒酒大奶奶叫給二爺送來的薛蝌陪笑道大奶奶費心但是叫小丫頭們送來就完了怎麽又勞動姐姐呢寶蟾道好說自家人二爺何必說這些套話再者我們大爺這件事實在叫二爺操心大奶奶久已要親自弄點什麽兒謝二爺又怕别人多心二爺是知道的偺們家裡都是言合意不合送點子東西没要緊倒没的惹人七嘴八舌的講究所以今日些微的弄了一兩樣菓子一壺酒叫我親自悄悄兒的送来說着又笑瞅了薛蝌一眼道明兒二爺再别說這些話叫人聽着怪不好意思的我們不過也是底下的人伏侍的着大爺就伏侍的着二爺這有何妨呢薛蝌一

則秉性忠厚二則到底年輕只是向來不見金桂和寶蟾如此相待心中想到剛才寶蟾說爲薛蟠之事也是情理因說道菓子留下罷這個酒兒姐姐只管拿回去我向來的酒上寔在狠有限擠住了偶然喝一鍾平白無事是不能喝的難道大奶奶和姐姐還不知道麼寶蟾道別的我作得主獨這一件事我可不敢應大奶奶的脾氣兒二爺是知道的我拿回去不說二爺不喝倒要說我不盡心了薛蝌沒法只得留下寶蟾方纔要走又到門口往外看看回過頭來向着薛蝌一笑又用手指着裡面說道他還只怕要來親自給你道乏呢薛蝌不知何意反倒趑趄的起來因說道姐姐替我謝大奶奶罷天氣寒看凉着再者自己叔嫂也不必拘這些個禮寶蟾也不荅言笑着走了薛蝌始而以爲金桂爲薛蟠之事或者真是不過意備此酒菓給自己道乏也是有的及見了寶蟾這種鬼鬼祟祟不尷不尬的光景也覺了幾分却自己回心一想他到底是嫂子的名分那裡就有別的講究了呢或者寶蟾不老成自己不好意思怎麼樣却指着金桂的名兒也未可知然而倒底是哥哥的屋裡人也不好忽又一轉念那金桂素性爲人毫無閨閣理法况且有時高興打扮得妖調非常自以爲美又焉知不是懷着壞心呢不然就是他和琴妹妹也有了什麼不對的地方兒所以設下這個毒法兒要把我拉在渾水裡弄一個不清不白的名兒也

未可知想到這裡索性倒怕起來正在不得主意的時候忽聽牕外撲哧的笑了一聲把薛蝌倒唬了一跳未知是誰下回分解

紅樓夢第九十囘終

未可知想到這樣深活倒言起來正在不得主意的時候忽聽聞外小丫頭的笑了一聲把襲人倒嚇了一跳未知是誰下回分解

紅樓夢第九十四回終

紅樓夢第九十一回

縱淫心寶蟾工設計　布疑陣寶玉妄談禪

話說薛蝌正在狐疑忽聽窻外一笑唬了一跳心中想道不是寶蟾定是金桂只不理他們看他們有什麼法兒聽了半日却又寂然無聲自己也不敢吃那酒菓掩上房門剛要脫衣時只聽見窻紙上微微一響薛蝌此時被寶蟾鬼混了一陣心中七上八下竟不知是如何是可聽見窻紙微響細看時又無動靜自己反倒疑心起來掩了懷坐在燈前呆呆的細想又把那菓子拿了一塊翻來覆去的細看猛回頭看見窻上紙濕了一塊走過來覷着眼看時冷不防外面往裡一吹把薛蝌唬了一大

跳聽得吱吱的笑聲薛蝌連忙把燈吹滅了屏息而臥只聽外面一個人說道二爺爲什麼不喝酒吃菓子就睡了這句話仍是寶蟾的語音薛蝌只不作聲粧睡又隔有兩句話時又聽得外面似有恨聲道天下那裡有這樣没造化的人薛蝌聽了是寶蟾又似是金桂的語音這纔知道他們原來是這一番意思翻來覆去直到五更後纔睡着了剛到天明早有人來扣門薛蝌忙問是誰外面也不答應薛蝌只得起來開了門看時却是寶蟾攏着頭髮掩着懷穿一件片錦邊琵琶襟小緊身上面繫一條松花綠半新的汗巾下面並未穿裙正露着石榴紅灑花夾褲一雙新綉紅鞋原來寶蟾尚未梳洗恐怕人見趕早來取

傢伙薛蝌見他這樣打扮便走進来心中又是一動只得陪笑問道怎麼這樣早就起来了寶蟾把臉紅著並不答言只管把菓子折在一個碟子裡端著就走薛蝌見他這般知是昨晚的原故心裡想道這也罷了倒是他們惱了索性死了心也省得來纏於是把心放下叫人舀水洗臉自已打算在家裡靜坐兩天一則養養心神二則出去怕人找他原來和薛蟠好的那些人因見薛家無人只有薛蝌在那裡辦事年紀又輕便生許多覬覦之心也有想揷在裡頭做跑腿的也有得做狀子的認得一二個書役的要給他上下打點的甚至有叫他在內趁錢的也有造作謠言恐嚇的種種不一薛蝌見了這些人遠遠躲避又不敢面辭恐怕激出意外之變只好藏在家中聽候轉詳不提且說金桂昨夜打發寶蟾送了些酒菓去探探薛蝌的消息寶蟾回来將薛蝌的光景一一的說了金桂見事有些不大投機便怕白鬧一塲反被寶蟾瞧不起欲把兩三句話遮飾改過口來又可惜了這個人心裡倒沒了主意怔怔的坐著那知寶蟾亦知薛蟠難以回家正欲尋個頭路因怕金桂拿他所以不敢造次今見金桂所為先已開了端了他便樂得借風使船先弄薛蝌到手不怕金桂不依所以用言挑撥見薛蝌似非無情又不甚兜攬一時也不敢造次後來見薛蝌吹燈自睡大覺掃興回來告訴金桂看金桂有甚方法再作道理及見金桂怔

怔的似乎無技可施他也只得陪金桂收拾睡了夜裡那裡睡得着翻來覆去想出一個法子來不如明兒一早起來先去取了傢伙却自已換上一兩件動人的衣服也不梳洗越顯出一番嬌媚來只看薛蝌的神情自已反倒粧出一番惱意索性不理他那薛蝌若有悔心自然移船泊岸不愁不先到手及至見了薛蝌仍是昨晚這般光景並無邪僻之意自已只得以假為真端了碟子回來却故意留下酒壺以為再來搭轉之地只見金桂問道你拿東西去有人碰見麼寶蟾道沒有二爺也沒問你什麼寶蟾道也沒有金桂因一夜不曾睡着也想不出一個法子來只得回思道若作此事別人可瞞寶蟾如何能瞞不如

我分惠于他他自然沒有不盡心的我又不能自去少不得要他作脚倒不如和他商量一個穩便主意因帶笑說道你看二爺到底是個怎麼樣的人寶蟾道倒像個糊塗人金桂聽了笑道你如何說起爺們來了寶蟾也笑道他辜負奶奶的心我就說得他金桂道他怎麼辜負我的心你倒得說說寶蟾道奶奶給他好東西吃他倒不吃這不是辜負奶奶的心麼說着却把眼溜着金桂一笑金桂道你別胡想我給他送東西為大爺的事不辭勞苦我所以敬他又怕人說瞎話所以問你你這些話向我說我不懂是什麼意思寶蟾笑道奶奶別多心我是跟奶奶的還有兩個心麼但是事情要密些倘或聲張起來不是頑

的金桂也覺得臉飛紅了因說道你這個了頭就不是個好貨想來你心裡看上了却拿我作筏子是不是呢寶蟾道只是奶奶那麽想罷咧我到是替奶奶難受奶奶要真瞧二爺好我倒有個主意奶奶想那個耗子不偷油呢他也不過怕事情不密大家鬧出亂子來不好看依我想奶奶且別性急時常在他身上不周不備的去處張羅張羅他是個小叔子又沒娶媳婦兒奶奶就多盡點心兒和他貼個好兒別人也說不出什麽來過幾天他感奶奶的情他自然要謝候奶奶那時奶奶再備點東西兒在偺們屋裡我帮着奶奶灌醉了他怕跑了他他要不應偺們索情鬧起來就說他調戲奶奶他害怕他自然得順着咱

們的手兒他再不應他也不是人偺們也不至白丟了臉面奶奶想怎麽樣金桂聽了這話兩顴早已紅暈了笑罵道小蹄子你倒偷過多少漢子的是的怪不得大爺在家時離不開你寶蟾把嘴一撇笑說道罷喲人家倒替奶奶拉縴奶奶倒往我們說這個話咧從此金桂一心籠絡薛蝌倒無心混鬧了家中也少覺安靜當日寶蟾自去取了酒壺仍是穩穩重重一臉的正氣薛蝌偷眼看了反倒後悔疑心或者是自已錯想了他們也未可知果然如此倒辜負了他這一番美意保不住日後倒要和自已也鬧起來豈非自惹的呢過了兩天甚覺安靜薛蝌遇見寶蟾寶蟾便低頭走了連眼皮兒也不抬遇見金桂金桂却

一盃火兒的赶着薛蝌見這般光景反倒過意不去這且不表
且說寶釵母女覺得金桂幾天安靜待人忽親熱起來一家子
都爲罕事薛姨媽十分歡喜想到必是薛蟠娶這媳婦時冲犯
了什麼纔敗壞了這幾年目今鬧出這樣事來虧得家裡有錢
賈府出力方纔有了指望媳婦兒忽然安靜起来或者是蟠兒
轉過運氣來了也未可知於是自已心裡倒以爲希有之奇這
日飯後扶了同貴過來到金桂房裡瞧瞧走到院中只聽一個
男人和金桂說話同貴知機便說道大奶奶老太太過來了說
着已到門口只見一個人影兒在房門後一躲薛姨媽一嚇倒
退了出來金桂道太太請裡頭坐沒有外人他就是我的過繼兄
弟本住在屯裡不慣見人因沒有見過太太今兒纔來還沒去
請太太的安薛姨媽道旣是舅爺不妨見見金桂叫兄弟出來
見了薛姨媽作了一個揖問了好薛姨媽也問了好坐下叙起
話来薛姨媽道舅爺上京幾時了那夏三道前月我媽沒有人
管家把我過繼來的前日纔進京今日來瞧姐姐薛姨媽看那
人不尷尬于是略坐坐兒便起身道舅爺坐着罷回頭向金桂
道舅爺頭上末下的來留在偺們這裡吃了飯再去罷金桂答
應着薛姨媽自去了金桂見婆婆去了便向夏三道你坐着今
日可是過了明路的了省得我們二爺查考你我今日還叫你
買些東西只別叫衆人看見夏三道這個交給我就完了你要

什麽只要有錢我就買得来金桂道且別說嘴你買上了當我可不收說着二人又笑了一囘然後金桂陪夏三吃了晚飯又告訴他買的東西又囑咐一囘夏三自去從此夏三往來不絕雖有個年老的門上人知是舅爺也不常囘從此起出無限風波這是後話不表一日薛蟠有信寄囘薛姨媽打開叫寶釵看時上寫男在縣裡也不受苦母親放心但昨日縣裡書辦說府裡已經准詳想是我們的情到了豈知府裡詳上去道裡反駁下來虧得縣裡主文相公好即刻做了囘文頂上去了那道裡却把知縣申飭現在道裡要親提若一上去又要吃苦必是道裡沒有托到母親見字快快托人求道爺去還叫兄弟快來不然就要解道銀子短不得火速火速薛姨媽聽了又哭了一場自不必說薛蝌一面勸慰一面說道事不宜遲薛姨媽沒法只得叫薛蝌到縣照料命人即便收拾行李兌了銀子家人李祥本在那裡照應的薛蝌又同了一個當中夥計連夜起程那時手忙脚亂雖有下人辦理寶釵又恐他們思想不到親來幫着直鬧至四更纔歇到底富家女子嬌養慣的心上又急又苦勞了一會晚上就發燒到了明日湯水都吃不下鶯兒去囘了薛姨媽薛姨媽急來看時只見寶釵滿面通紅身如燔灼話都不說薛姨媽慌了手脚便哭得死去活來寶琴扶着勸薛姨媽秋菱也淚如泉湧只管叫着寶釵不能說話手也不能搖動眼乾

鼻塞叫人請醫調治漸漸蘇醒回來薛姨媽等大家略略放心早驚動榮寧兩府的人先是鳳姐打發人送十香返魂丹來隨後王夫人又送至寶丹來賈母邢王二夫人以及尤氏等都打發丫頭來問候却都不叫寶玉知道一連治了七八天終不見效還是他自己想起冷香丸吃了三丸纔得病好後來寶玉也知道了因病好了沒有瞧去那時薛蝌又有信回來薛姨媽看了怕寶釵躭憂也不叫他知道自己來求王夫人并述了一會子寶釵的病薛姨媽去後王夫人又求賈政賈政道此事上頭可托底下難托必須打點纔好王夫人又提起寶釵的事來因說道這孩子也苦了既是我家的人了也該早些娶了過來纔是別叫他蹧蹋壞了身子賈政道我也是怎麽想但是他家亂忙况且如今到了冬底已經年近歲逼不無各自要料理些家務今冬且放了定明春再過禮過了老太太的生日就定日子娶你把這番話先告訴薛姨太太王夫人答應了到了明日王夫人將賈政的話向薛姨媽述了薛姨媽想着也是到了飯後王夫人陪着來到賈母房中大家讓了坐賈母道姨太太纔過來薛姨媽道還是昨兒過來的因爲晚了沒得過來給老太太請安王夫人便把賈政昨夜所說的話向賈母述了一遍賈母甚喜說着寶玉進來了賈母便問道吃了飯了沒有寶玉道纔打學房裡回來吃了要往學房裡去先見見老太太又聽見說

姨媽來了過來給姨媽請請安因問寶姐姐可大好了薛姨媽笑道好了原来方纔大家正說着見寶玉進来都煞住了寶玉坐了坐見薛姨媽情形不似從前親熱雖是此刻没有心情也不比大家都不言語滿腹猜疑自往學中去了晚間回來都見過了便往瀟湘館來掀簾進去紫鵑接着見裡間屋內無人寶玉道姑娘那裡去了紫鵑道上屋裡去了知道薛姨媽太太過來姑娘請安去了二爺没有到上屋裡去麽寶玉道我去了來的没有見你姑娘紫鵑道這也奇了寶玉問姑娘到底那裡去了紫鵑道不定寶玉往外便走剛出屋門只見黛玉帶着雪雁冉冉而来寶玉道妹妹回來了縮身退步進來黛玉進来走入裡

間屋內便請寶玉裡頭坐紫鵑拿了一件外罩換上然後坐下問道你上去看見姨媽没有寶玉道見過了黛玉道姨媽說起我没有寶玉道不但没有說起你連見了我也不像先時親熱今日我問起寶姐姐病來他不過笑了一笑並不答言難道怪我這兩天没有去瞧他麽黛玉笑了一笑道你去瞧過没有寶玉道頭幾天不知道這兩天知道了也没有去黛玉道可不是寶玉道老太太不叫我去太太也不叫我去老爺又不叫我去我如何敢去若是像從前這扇小門走得通的時候要我一天瞧他十趟也不難如今把門堵了要打前頭過去自然不便了黛玉道他那裡知道這個原故寶玉道寶姐姐為人是最體諒

我的黛玉道你不要自已打錯了主意若論寶姐姐更不體諒又不是姨媽病是寶姐姐病向來在園中做詩賞花飲酒何等熱鬧如今隔開了你看見他家裡有事了他病到那步田地你像沒事人一般他怎麼不惱呢寶玉道這樣難道寶姐姐便不和我好了不成黛玉道他和你好不好我却不知我也不過是照理而論寶玉聽了瞪着眼呆了半晌黛玉看見寶玉這樣光景也不採他只是自已叫人添了香又番出書來看了一會只見寶玉把眉一皺把脚一跺道我想這個人生他做什麼天地間没有了我倒也乾淨黛玉道原是有了我便有了人有了人便有無數的煩惱生出來恐怖顛倒夢想更有許多纒碍纔

剛我說的都是頑話你不過是看見姨媽没精打彩如何便疑到寶姐姐身上去姨媽過來原為他的官司事情心緒不寧那裡還来應酬你都是你自已心上胡思亂想鑽入魔道裡去了寶玉豁然開朗笑道狠是狠是你的性靈比我竟强遠了怨不得前年我生氣的時候你和我説過幾何禪語我寔在對不上來我雖丈六金身還藉你一莖所化黛玉乘此机會說道我便問你一句話你如何回答寶玉盤着腿合着手閉着眼噓着嘴道講來黛玉道寶姐姐和你好你怎麼樣寶姐姐不和你好你怎麼樣寶姐姐前兒和你好如今不和你好你怎麼樣今兒和你好後來不和你好你怎麼樣你和他好他偏不和你好你怎

麽樣你不和他好他偏要和你好你怎麽樣寶玉呆了半晌忽然大笑道任凭弱水三千我只取一瓢飲黛玉道瓢之漂水奈何寶玉道非瓢漂水水自流瓢自漂耳黛玉道水止珠沉奈何寶玉道禪心已作沾泥絮莫向春風舞鷓鴣黛玉道禪門第一戒是不打誑語的寶玉道有如三寶黛玉低頭不語只聽見簷外老鴰呱呱的叫了幾聲便飛向東南上去寶玉不知主何吉兇黛玉道人有吉凶事不在鳥音中忽見秋紋走来說道請二爺回去老爺叫人到園裡來問過說二爺打學裡回來了沒有襲人姐姐只說已經來了快去罷嚇得寶玉站起身來往外忙走黛玉也不敢相留未知何事下回分解

紅樓夢第九十一回終

紅樓夢第九十二回

評女傳巧姐慕從良　玩母珠賈政叅聚散

話說寶玉從瀟湘館出來連忙問秋紋道老爺叫我作什麼秋紋笑道沒有叫襲人姐姐叫我請二爺我怕你不來纔哄你的寶玉聽了纔把心放下因說你們請我也罷了何苦來唬我說着回到怡紅院內襲人便問道你這好半天到那裡去了寶玉道在林姑娘那邊說起薛姨媽寶姐姐的事來便坐住了襲人又問道說些什麼寶玉將打禪語的話述了一遍襲人道你們再沒個計較正經說些家常閑話兒或講究些詩句也是好的怎麼又說到禪語上了又不是和尚寶玉道你不知道我們有

我們的禪機別人是插不下嘴去的襲人笑道你們叅禪叅翻了又叫我們跟着打悶葫蘆了寶玉道頭裡我也年紀小他也孩子氣所以我說了不留神的話他就惱了如今我也留神他也沒有惱的了只是他近來不常過來我又念書偶然到一處好像生踈了是的襲人道原該這麼着纔是都長了幾歲年紀了怎麼好意思還像小孩子時候的樣子寶玉點頭道我也知道如今且不用說那個我問你老太太那裡打發人來說什麼來着沒有襲人道沒有說什麼寶玉道必是老太太忘了明兒不是十一月初一日麼年年老太太那裡必是個老規矩要辦消寒會齊打夥兒坐下喝酒說笑我今日已經在學房裡告了

假了這會子沒有信兒明兒可是去不去呢若去了呢白白的告了假若不去老爺知道了又說我偷懶襲人道據我說你竟是去的是纔念的好些兒了又想歇着依我說也該上緊些纔好昨兒聽見太太說蘭哥兒念書真好他打學房裡回來還各自念書作文章天天晚上弄到四更多天纔睡你比他大多了又是叔叔倘或趕不上他又叫老太太生氣倒不如明兒早起去罷麝月道這樣冷天已經告了假又去倒叫學房裡說既這麼着就不該告假呀顯見的是告謊假脫滑兒依我說落得歇一天就是老太太忘記了咱們這裡就不消寒了麼咱們也鬧個會兒不好麼襲人道都是你起頭兒二爺更不肯去了麝月道

我也是樂一天是一天比不得你要好名兒使喚一個月再多得二兩銀子襲人啐道小蹄子人家說正經話你又來胡拉混扯的了麝月道我倒不是混拉扯我是為你襲人道為我什麼麝月道二爺上學去了你又該咕嘟着嘴想着巴不得二爺早一刻兒回來就有說有笑的了這會子又假撇清何苦呢我都看見了襲人正要罵他只見老太太那裡打發人來說道老太太說了叫二爺明兒不用上學去呢明兒請了姨太太來給他解悶只怕姑娘們都來家裡的史姑娘邢姑娘李姑娘們都請了明兒來赴什麼消寒會呢寶玉沒有聽完便喜歡道可不是老太太最高興的明日不上學是過了明路的了襲人也便不

言語了那丫頭囘去寶玉認真念了幾天書巴不得頑這一天又聽見薛姨媽過来想着寶姐姐自然也来心裡喜歡便說快睡罷明日早些起来於是一夜無話到了次日果然一早到老太太那裡請了安又到賈政王夫人那裡請了安囘明了老太太今兒不叫上學賈政也沒言語便慢慢退出來走了幾步便一溜烟跑到賈母房中見衆人都沒來只有鳳姐那邊的奶媽子帶了巧姐兒跟着幾個小丫頭過來給老太太請了安說我媽媽先叫我來請安陪着老太太說說話兒媽媽囘来就來賈母笑着道好孩子我一早就起來了等他們總不來只有你二叔叔來了那奶媽子便說姑娘給你二叔叔請安寶玉也問了

一聲妞妞好巧姐兒道我昨夜聽見我媽媽說要請二叔叔去說話寶玉道說什麼呢巧姐兒道我媽媽說跟着李媽認了幾年字不知道我認得不認得我說都認得我認給媽媽瞧媽媽說我瞎認不信說我一天儘子頑那裡認得我瞧着那些字也不要緊就是那女孝經也是容易念的媽媽說我哄他要請二叔叔得空兒的時候給我理理賈母聽了笑道好孩子你媽媽是不認得字的所以說你哄他明兒叫你二叔叔理給他瞧瞧他就信了寶玉道你認了多少字了巧姐兒道認了三千多字念了一本女孝經半個月頭裡又上了列女傳寶玉道你念了懂得嗎你要不懂我倒是講講這個你聽罷賈母道做叔叔的

也該講究給姪女兒聽聽寶玉道那文王后妃是不必說了想來是知道的那姜后脫簪待罪齊國的無鹽雖醜能安邦定國是后妃裏頭的賢能的若說有才的是曹大姑班婕妤蔡文姬謝道韞諸人孟光的荊釵裙布鮑宣妻的提甕出汲陶侃的母截髮留賓還有畫荻教子的這是不厭貧的那苦的裏頭有樂昌公主破鏡重圓蘇蕙的迴文感主那孝的是更多了木蘭父代從軍曹娥投水尋父的屍首等類也多我也說不得許多那個曹氏的引刀割鼻是魏國的故事那守節的更多了只好慢慢的講若是那些艷的王嬙西子素小蠻絳仙等姤的是禿妾髮怨洛神等類也少文君紅拂是女中的賈母聽到這裏說

了不用說了你講的太多他那裏還記得呢巧姐兒道二叔叔纔說的也有念過的也有沒念過的念過的二叔叔一講我更知道了好些寶玉道那字是自然認得的了不用再理明兒我還上學去呢巧姐兒道我還聽見我媽媽昨兒說我們家的小紅頭裏是二叔叔那裏的我媽媽要了來還沒有補上人呢我媽媽想着要把什麼柳家的五兒補上不知二叔叔要不要寶玉聽了更喜歡笑着道你聽你媽媽的話要補誰就補誰罷咧又問什麼要不要呢因又向賈母笑道我瞧大妞妞這個小模樣兒又有這個聰明兒只將來比鳳姐姐還強呢又比他認的字賈母道女孩兒家認得字呢也好只是女工針黹倒是要緊

的巧姐兒道我也跟着劉媽媽學着做呢什麼扎花兒喇拉鎖子我雖弄不好却也學着會做幾針兒賈母道偺們這樣人家固然不仗着自巳做但只到底知道些日後纔不受人家的拿捏巧姐兒答應着是還要寶玉解說列女傳見寶玉呆呆的也不敢再說你道寶玉呆的是什麼只因柳五兒要進怡紅院頭一次是他病了不能進來第二次王夫人攆了晴雯大凡有些姿色的都不敢挑後來又在吳貴家看晴雯去五兒跟着他媽給晴雯送東西去見了一面更覺嬌娜嫵媚今日虧得鳳姐想着叫他補入小紅的窩兒竟是喜出望外了所以呆呆的想他賈母等着那些人見這時候還不來又叫丫頭去請回來李紈

同着他妹子探春惜春史湘雲黛玉都來了大家請了賈母的安衆人廝見獨有薛姨媽未到賈母又叫請去果然姨媽帶着寶琴過来寶玉請了安問了好只不見寶釵邢岫烟二人黛玉便問起寶姐姐為何不来薛姨媽假說身上不好邢岫烟知道薛姨媽在坐所以不來寶玉雖見寶釵不來心中納悶因黛玉來了便把想寶釵的心暫且擱開不多時邢王二夫人也來了鳳姐聽見婆婆們先到了自已不好落後只得打發平兒先來告假說是正要過来因身上發熱過一回兒就來賈母道既是身上不好不來也罷偺們這時候很該吃飯了丫頭們把火盆往後挪了一挪兒就在賈母榻前一溜擺了兩桌大家序次坐

下吃了飯依舊圍爐閑談不須多贅且說鳳姐因何不來頭裡爲着倒比那王二夫人遲了不好意思後來旺兒家的來回說迎姑娘那裡打發人來請奶奶安還說並沒有到上頭只到奶奶這裡來鳳姐聽了納悶不知又是什麼事便叫那人進來問姑娘在家好那人道有什麼好的奴才並不是姑娘打發來的實在是司棋的母親央我來求奶奶的鳳姐道司棋已經出去了爲什麼來求我那人道自從司棋出去終日啼哭忽然那一日他表兒來了他母親見了恨得什麼是的說他害了司棋一把拉住要打那小子不敢言語誰知司棋聽見了急忙出來老着臉和他母親道我是爲他出來的我也恨他沒良心如今他

來了媽要打他不如勒死了我他母親罵他不害臊的東西你心裡要怎麼樣司棋說道一個女人配一個男人我一時失腳上了他的當我就是他的人了決不肯再失身給別人的我恨他爲什麼這樣胆小一身作事一身當爲什麼要逃就是他一輩子不來了我也一輩子不嫁人的媽要給我配人我原拚着一死的今兒他來了媽問他怎麼樣若是他不改心我在媽跟前磕了頭只當是我死了他到那裡我跟到那裡就是討飯吃也是願意的他媽氣得了不得便哭着罵着說你是我的女兒我偏不給他你敢怎麼着那知道那司棋這東西糊塗便一頭撞在墻上把腦袋撞破鮮血直流竟死了他媽哭着救不過來

便要叫那小子償命他表兄也奇你們不用着急我在外頭原發了財因想着他纔回來的心也算是真了你們若不信只管瞧說着打懷裡掏出一匣子金珠首飾來他媽媽看見了便心軟了說你旣有心為什麼總不言語他外甥道大凡女人都是水性楊花我若說有錢他便是貪圖銀錢了如今他只為人就是難得的我把金珠給你們我去買棺盛殮他那司棋的母親接了東西也不顧女孩兒了便由着外甥去那裡知道他外甥叫人抬了兩口棺材來司棋的母親看見詫異說怎麼棺材要兩口他外甥笑道一口裝不下得兩口纔好司棋的母親見他外甥又不哭只當是他心疼的傻了豈知他忙着把司棋收拾

了也不啼哭眼錯不見把帶的小刀子往脖子裡一抹也就抹死了司棋的母親懊悔起來倒哭得了不得如今坊上知道了要報官他急了央我來求奶奶說個人情他再過來給奶奶磕頭鳳姐聽了詫異道那有這樣傻丫頭偏偏的就碰見這個傻小子怪不得那一天翻出那些東西來他心裡沒事人是的敢只是這麼個烈性孩子論起來我也沒這麼大工夫管他這些閑事但只你纔說的叫人聽着怪可憐見兒的也罷了你回去告訴他我和你二爺說打發旺兒給他撕擄就是了鳳姐打發那人去了纔過賈母這邊來不提且說賈政這日正與詹光下大碁通局的輸贏也差不多單為着一隻角兒死活未分在那

裡打結門上的小厮進來回道外面馮大爺要見老爺賈政道請進來小厮出去請了馮紫英走進門來賈政卽忙迎着馮紫英進來在書房中坐下見是下碁便道只管下碁我來觀局詹光笑道晚生的碁是不堪瞧的馮紫英道好說請下罷賈政道有什麽事麽馮紫英道沒有什麽話老伯只管下碁我也學幾着兒賈政向詹光道馮大爺是我們相好的旣沒事我們索性下完了這一局再說話兒馮大爺在旁邊瞧着馮紫英道下采不下采詹光道下采的馮紫英道下采的是不好多嘴的賈政道多嘴也不妨橫竪他輸了十來兩銀子終久是不拿出來的往後只好罰他做東便了詹光笑道這倒使得馮紫英道老伯

和詹公對下麽賈政笑道從前對下他輸了如今讓他兩個子兒他又輸了時常還要悔幾着不叫他悔他就急了詹光也笑道沒有的事賈政道你試試瞧大家一面說笑一面下完了做起碁來詹光還了碁頭輸了七個子兒馮紫英道這盤終吃虧在打結裡頭老伯結少就便宜了賈政對馮紫英道有罪有罪咱們說話兒罷馮紫英道小侄與老伯久不見面一來會會二來因廣西的同知進來引見帶了四種洋貨可以做得貢的一件是圍屏有二十四扇槅子都是紫檀雕刻的中間雖說不是玉却是絕好的硝子石石上鏤出山水人物樓臺花鳥等物一扇上有五六十個人都是宫粧的女子名爲漢宫春曉人的眉

目口鼻以及出手衣褶刻得又清楚又細膩點綴布置都是好的我想尊府大觀園中正廳上却可用得着還有一個鐘表有三尺多高也是一個小童兒拿着時辰牌到了什麽時候他就報什麽時辰裡頭也有些人在那裡打十番的這是兩件重笨的却還沒有拿來現在我帶在這裡兩件却有些意思兒就在身邊拿出一個錦匣子見幾重白綿裹着揭開了綿子第一層是一個玻璃盒子裡頭金托子大紅縐紬托底上放着一顆桂圓大的珠子光華耀目馮紫英道據說這就叫做母珠因叫拿一個盤兒來詹光即忙端過一個黑漆茶盤道使得麽馮紫英道使得便又向懷裡掏出一個白絹包兒將包兒裡的珠子都倒在盤裡散着把那顆母珠擱在中間將盤置于桌上看見那些小珠子兒滴溜滴溜都滚到大珠身邊來一回兒把這顆大珠子擡高了别處的小珠子一顆也不剩都粘在大珠上詹光道這也奇怪賈政道這是有的所以叫做母珠原是珠之母那馮紫英又回頭看着他跟來的小廝道那個匣子呢那小廝赶忙捧過一個花梨木匣子來大家打開看時原來匣內襯着虎紋錦錦上叠着一束藍紗詹光道這是什麽東西馮紫英道這叫做鮫綃帳在匣子裡拿出來時叠得長不滿五寸厚不上半寸馮紫英一層一層的打開打到十來層已經桌上鋪不下了馮紫英道你看裡頭還有兩摺必得高屋裡去纔張得下這就是鮫

絲所織暑熱天氣張在堂屋裡頭蒼蠅蚊子一個不能進來又輕又亮賈政道不用全打開怕疊起來倒費事詹光便與馮紫英一層一層折好收拾馮紫英道這四件東西價兒也不狠貴兩萬銀他就賣母珠一萬鮫綃帳五千漢宮春曉與自鳴鐘五千賈政道那裡買得起馮紫英道你們是個國戚難道宮裡頭用不着麽賈政道用得着的狠多只是那裡有這些銀子等我叫人拿進去給老太太瞧瞧馮紫英道狠是賈政便着人叫賈璉把這兩件東西送倒老太太那邊去並叫人請了邢王二夫人鳳姐兒都來瞧着又把兩樣東西一一試過賈璉道他還有兩件一件是圍屏一件是樂鐘共總要賣二萬銀子呢鳳姐兒

接着道東西自然是好的但是那裡有這些閒錢偺們又不比外任督撫要辦貢我已經想了好些年了像偺們這種人家必得置些不動搖的根基纔好或是祭地或是義庄再置些墳屋往後子孫遇見不得意的事還是點兒底子不到一敗塗地我的意思是這樣不知老太太老爺太太們怎麽樣若是外頭老爺們要買只管買賈母與眾人都說這話說的倒也是賈璉道還了他罷原是老爺叫我送給老太太瞧爲的是宮裡好進誰說買來擱在家裡老太太還沒開口你便說了一大些喪氣話說着便把兩件東西拿了出去告訴了賈政只老太太不要便與馮紫英道這兩件東西好可好就只沒銀子我替你留心有

要買的八我便送信給你去馮紫英只得收拾好坐下說些閒話沒有興頭就要起身賈政道你在我這裡吃了晚飯去罷馮紫英道罷了來了就叨擾老伯嗎賈政道說那裡的話正說着人回大老爺來了賈赦早已進來彼此相見敘些寒溫不一時擺上酒來餚饌羅列大家喝着酒至四五巡後說起洋貨的話馮紫英道這種貨本是難消的除非要像尊府這種人家還可消得其餘就難了賈政道這也不見得賈赦道我們家裡也比不得從前了這回兒也不過是個空門面馮紫英又問東府珍大爺可好麼我前兒見他說起家常話兒來提到他令郎續娶的媳婦遠不及頭裡那位秦氏奶奶了如今後娶的到底是那一家的我也沒有問起賈政道我們這個姪孫媳婦兒也是這裡大家從前做過京畿道的胡老爺的女孩兒紫英道胡道長我是知道的但是他家教上也不怎麼樣也罷了只要姑娘好就好賈璉道聽得內閣裡人說起賈雨村又要陞了賈政道這也好不知准不准賈璉道大約有意思的了馮紫英道我今兒從吏部裡來也聽見這樣說雨村老先生是貴本家不是賈政道是馮紫英道是有服的還是無服的賈政道說也話長他原籍是浙江湖州府人流寓到蘇州甚不得意有個甄士隱和他相好時常周濟他已後中了進士得了榜下知縣便娶了甄家的丫頭如今的太太不是正配豈知甄士隱弄到零落不堪沒

有我處雨村革了職以後那時還與我家並不相識只因舍妹丈林如海林公在揚州巡鹽的時候請他在家做西席外甥女兒是他的學生因他有起復的信要進京來恰好外甥女兒要上來探親林姑老爺便托他照應上來的還有一封薦書托我吹噓吹噓那時看他不錯大家常會豈知雨村也奇我家世襲起從代字輩下來寧榮兩宅人口房舍以及起居事宜一槩都明白因此遂覺得親熱了因又笑說道幾年間門子也會鑽了由知府推陞轉了御史不過幾年陞了吏部侍郎署兵部尚書爲着一件事降了三級如今又要陞了馮紫英道人世的榮枯仕途的得失終屬難定賈政道像雨村算便宜的了還有我們差不多的人家就是甄家從前一樣功勳一樣的世襲一樣的

起居我們也是時常往來不多幾年他們進京來差人到我這裡請安狠還熱鬧一回兒抄了原籍的家財至今杳無音信不知他近況若何心下也着實惦記看了這樣你想做官的怕不怕賈赦道偺們家是最沒有事的馮紫英道果然尊府是不怕的一則裡頭有貴妃照應二則故舊好親戚多三則你家自老太太起至於少爺們沒有一個刁鑽刻薄的賈政道雖無刁鑽刻薄却沒有德行才情白白的衣租食稅那裡當得起賈赦道偺們不用說這些話大家吃酒罷大家又喝了几盃擺上飯來吃畢喝茶馮家的小厮走來輕輕的向紫英說了一句馮紫英

便要告辭了賈赦賈政道你說什麽小厮道外面下雪早已下了梆子了賈政叫人看時已是雪深一寸多了賈政道那兩件東西你收拾好了麽馮紫英道收好了若尊府要用價錢還自然讓些賈政道我留神就是了紫英道我再聽信罷天氣冷請罷别送了賈赦賈政便命賈璉送了出去未知後事如何下回分解

紅樓夢第九十二回終